Emilia deLuca

Ein Makler für Mathea

Das Buch

Nachdem Mathea ihren Freund mit einer Anderen erwischt, ist für sie klar, dass sie ein neues Kapitel in ihrem Leben aufschlagen muss – eine neue Wohnung inklusive.
Bei der Wohnungsbesichtigung lernt sie ihren Makler Louis kennen, und es funkt sofort zwischen den beiden. Die Suche nach einem neuen Zuhause wird so zu einer unerwartet heißen Begegnung, der sich weder Mathea noch Louis entziehen können.

Tauche ein in diese prickelnde Kurzgeschichte, die deine Fantasie zum Glühen bringen wird.

Emilia deLuca

Ein Makler für Mathea

 tredition

Bibliografische Information der Deutschen Nationalbibliothek:
Die Deutsche Nationalbibliothek verzeichnet diese Publikation in
der Deutschen Nationalbibliografie; detaillierte bibliografische
Daten sind im Internet über dnb.dnb.de abrufbar.

Lektorat von: Sabrina Ruhmann
Coverdesign von: Canva, https://canva.com
Covergrafik von: Canva

Verlagslabel: Emilia deLuca, https://meinelesung.de/emilia

Druck und Distribution im Auftrag der Autorin:
tredition GmbH,
Heinz-Beusen-Stieg 5
22926 Ahrensburg, Deutschland

Softcover ISBN: 978-3-384-13134-8
E-Book ISBN: 978-3-384-13135-5
Großschrift ISBN: 978-3-384-13136-2

Eine Wohnungsbesichtigung, die du nie
vergessen wirst.

Mathea

Ich bin frei.

Jetzt versuche ich, alle Altlasten von mir abzuschütteln, doch das ist nicht so einfach, wie ich es mir vorgestellt habe.

Eigentlich wollte ich nach der Trennung von meinem Ex-Freund und seinem Auszug in unserer Wohnung bleiben. Um mir die Arbeit, die ein Umzug mit sich bringt, zu ersparen. Aber in jeder Ecke schlummern Erinnerungen – schöne und schlechte – und immer, wenn ich die Wohnung betrete, ist da dieses Gefühl in meinem Magen, schwer und erdrückend.

Erst dachte ich, es würde reichen, wenn ich die Wände in anderen Farben streiche und die Möbel anders stelle. Aber das tat es nicht.

Dann die ständigen Fragen von den Nachbarn, ob ich »so allein« zurechtkäme. Natürlich komme ich zurecht. Nur weil ich hier jetzt allein lebe, heißt es doch nicht, dass ich nicht klarkomme.

Ich weiß noch genau, wie es war, als wir damals die Wohnung besichtigt haben. Wir hatten solch ein Glück, dass wir die Ersten waren, die sich auf die Anzeige gemeldet hatten.

Schon als wir das Mehrfamilienhaus betraten, waren wir begeistert und wussten sofort: Hier wollen wir wohnen! Es ist die perfekte Umgebung für unsere zukünftigen Kinder.

Toni schloss die Wohnungstür auf – den Schlüssel hatten wir von der Hausverwaltung erhalten – und ich betrat den Flur. Der Geruch von frisch gestrichenen Wänden lag noch in der Luft. Wir alberten herum und inspizierten jedes Zimmer und stellten uns vor, wo wir welche Möbel hinstellen würden. Die Wohnung war perfekt.

Eine Woche später bekamen wir die Zusage und auch gleich den Schlüssel. Es ging alles so schnell. Wir nahmen kurzfristig Urlaub, packten Kisten, sortierten aus und liefen durch Möbelhäuser. Toni hatte mir für die neue Wohnung ein neues Bett versprochen. Ich hingegen wollte ihn mit einem schönen Teppich für das Wohnzimmer überraschen. Nach nur zwei Wochen war die neue Wohnung fertig und bereits zusammen mit unseren Freunden eingeweiht.

Als ich Toni ein Jahr später wieder einmal auf meinen Kinderwunsch ansprach, wimmelte er mich ab und meinte nur: »Lass uns bitte ein anderes Mal darüber sprechen.«

Eine Woche später war mir dann auch klar, warum.

Es war unser Jahrestag und ich kam früher von der Arbeit nach Hause, weil ich Toni überraschen wollte. Nur leider überraschte er mich.

Schon im Flur wunderte ich mich über die vereinzelten Kleidungsstücke. Im Wohnzimmer lag sogar Unterwäsche von ihm auf dem Boden. Genervt hob ich die Sachen auf und wollte sie in den Wäschekorb stopfen. Ich erstarrte. Vor mir lag ein BH und es war definitiv nicht meiner!

Ich setzte mich und sah ihn mir genauer an. Ich kämpfte gegen die Tränen an, als ich auch noch Geräusche aus dem Schlafzimmer hörte.

Ich konnte einfach nicht fassen, dass er mich mit einer anderen betrog. In unserem Bett, an unserem Jahrestag. Vielleicht war es ja auch nicht das erste Mal. Das hätte auf jeden Fall erklärt, warum er neuerdings die Bettwäsche wechselte und auch wusch. Und zu mir hatte er noch gesagt, er wollte mir Arbeit im Haushalt abnehmen. Schlagartig wurde mir schlecht und mir liefen schon wieder die Tränen.

Das kann doch nicht sein!
Auf Zehenspitzen schlich ich zum Schlafzimmer und öffnete die Zimmertür einen Spalt. Ich wollte

nicht glauben, was ich da sah … Toni lag nackt in unserem Bett und auf ihm saß eine nackte Frau mit langen blonden Haaren, die sich rhythmisch bewegte. Er sah so zufrieden aus. Ich kannte diesen Gesichtsausdruck, wenn er sich völlig fallen ließ und alles um sich herum vergaß. Seine Hände umgriffen fest ihren Po, was die Blondine immer schneller werden ließ. Ich sah, wie ihre Hände über seine Brust bis hin zu seinem Bauch hinunter strichen, was ihn schwerer atmen ließ. Woraufhin seine Hände zu ihren Brüsten wanderten. So wie er es immer bei mir getan hatte. Ich kniff die Augen zusammen.

Das darf doch nicht wahr sein! Warum nur?

Als ich die Augen wieder öffnete, hatte sich Toni schon aufgerichtet und saugte an den Brüsten der Blondine.

Sein Gesicht verschwand regelrecht in dem großen, wohlgeformten Busen und sie genoss es, warf ihren Kopf leicht nach hinten und ...

Oh, nein! Ich musste schwer schlucken, als ich erkannte, wer diese Frau war. Sophie, unsere Nachbarin! *Aber... warum?* Entsetzt schüttelte ich den Kopf.

Ich wollte einfach nicht glauben, was ich da sah. Sie war eine Freundin. Abends saßen wir oft zusammen auf dem Balkon oder gingen ab und zu auch mal zusammen shoppen. Sie hat doch einen

Freund! Ich kannte ihn zwar nur flüchtig, da er kaum hier war, aber es gab ihn. Ich senkte kurz meinen Kopf. *Verdammt, warum habe ich das nicht früher bemerkt? Das geht doch bestimmt schonlänger zwischen den beiden.*

Ich versuchte, durchzuatmen und ruhig zu bleiben. Doch dann blieb mir fast die Luft weg, denn in diesem Moment erreichten beide offenbar ihren Höhepunkt. Toni schrie seine Lust laut heraus, was er nie machte. Da kam sonst immer nur ein Stöhnen, was sich eher schmerzerfüllt für mich anhörte. Er klammerte sich fest an Sophie und es sah so innig zwischen den beiden aus, so vertraut. Auch Sophie war nicht gerade leise und stöhnte immer wieder laut: »Oh Toni, hör nicht auf!« Er folgte ihrer Aufforderung.

Meine Beine fingen an zu zittern und ich hatte das Gefühl, sie würden gleich nachgeben. Der Anblick war zu viel für mich. Dieses Schauspiel war einfach nur widerlich. Ich stützte mich gegen den Türrahmen und mit der einen Hand versuchte ich, nach der Türklinke zu greifen, doch ich rutschte ab. Das laute Poltern war nicht zu überhören. Ich landete unschön auf dem Boden.

Toni schob Sophie ruckartig zur Seite und sah mich mit weit aufgerissenen Augen an. Sophie griff schnell nach der Decke und hielt sie vor sich.

Es war ihr sichtlich unangenehm. Aber es war zu spät, ich hatte alles gesehen.

Toni war anscheinend so erschrocken, dass er nicht einmal daran dachte, sein bestes Stück abzudecken. So präsentierte er mir nun auch noch etwas, das mir die Kinnlade herunterklappen ließ. Er hatte nicht mal den Anstand besessen, sich zu schützen. Selbst mit mir verwendete er jedes Mal ein Kondom. *Bei Sophie hielt er es scheinbar nicht für nötig!*

»Mathea, Schatz, was machst du denn schon hier?«, stotterte er. Ich schüttelte nur meinen Kopf, als er aufstehen wollte, um zu mir zu kommen. »Das ist nicht so, wie es aussieht, wirklich!«, versuchte er noch, die Situation zu retten.

Aber es war zu spät. Er hatte mich betrogen! Sophie hatte sich mittlerweile die eine Bettdecke um ihren Körper gewickelt und gab Toni die andere. Mit aller Kraft probierte ich aufzustehen, aber nicht, ohne Sophie einen abwertenden Blick zuzuwerfen.

Wortlos ging ich ins Wohnzimmer und setzte mich auf die Couch, in der Hoffnung, dass sie es hier noch nicht getan hatten. Allein der Gedanke machte mich so wütend, dass ich doch lieber wieder aufstand und die Wohnung verließ.

An diesem Tag war für mich die Beziehung beendet. Noch in derselben Nacht warf ich alle seine Sachen ins Treppenhaus. Das Bett und die Couch landeten kurz darauf auch auf dem Müll.

Toni zog natürlich gleich bei Sophie nebenan ein. Jeden Tag hörte ich die beiden durch die Wände bei ihren lustvollen Liebesspielen. Auch das Tuscheln der anderen im Haus wurde für mich unerträglich. Toni ging mir aus dem Weg, doch Sophie versuchte noch, unsere Freundschaft zu retten. Eine Freundschaft, die anscheinend nie wirklich existiert hatte, denn ihr angeblicher Freund war nicht ihr Freund, wie sich herausstellte. Er war ihr Bruder. Sie hatte es von Anfang an auf Toni abgesehen.

Es wurde von Tag zu Tag unerträglicher in diesem Haus.

Ich kann hier nicht bleiben, ich muss raus hier!

Louis

»Guten Morgen, Tamara!«, sage ich freudestrahlend, als ich das Büro betrete.

»Hallo, Louis. So gut gelaunt heute? Auf deinem Schreibtisch habe ich dir eine Nachricht hingelegt. Die Anzeige in der Zeitung war eine super Idee«, sagt Tamara, während sie schon wieder fleißig auf der Tastatur tippt.

Ich gehe an meinen Platz und sehe auf den Zettel.

Objekt: Jungbrunnenstraße 12, 3. Etage
Uhrzeit: 14 Uhr
Kunde: Frau Wenk

Ich stöhne auf. Heute habe ich absolut keine Lust auf einen Außentermin. Mein Plan ist, endlich einmal das aufzuarbeiten, was schon viel zu lange liegen geblieben ist.

»Hättest du den Termin nicht für morgen ausmachen können?«, rufe ich meiner Sekretärin zu. »Ich habe hier einen Berg voll Arbeit liegen. Was ist das überhaupt für eine Uhrzeit für eine

Wohnungsbesichtigung? Du weißt doch, dass ich da normalerweise meine Mittagspause mache.«

»Die Dame konnte nicht anders und es klang sehr dringend! Du kannst doch davor oder danach etwas essen gehen.«

Der Name Wenk sagt mir nichts und in der Kundenkartei ist er auch nicht zu finden. *Also eine Neukundin ... dann gibt es wenigstens eine höhere Provision, falls diese Frau Wenk die Wohnung nehmen sollte. So lang wird die Besichtigung schon nicht dauern.* Die Sonne bahnt sich den Weg durch die Wolken und ein heller Lichtstrahl fällt auf meinen Tisch. Bei diesem Wetter wäre ich eh nicht gerne den ganzen Tag im Büro.

»Hier, Tamara, pflegst du bitte die neuen Kundendaten ein?« Ich lege ihr den Zettel auf den Tisch und mache mich daran, den Papierstapel auf meinem Schreibtisch abzuarbeiten.

»Na, hast du wieder bessere Laune?«, fragt Tamara eine halbe Stunde später und stellt mir einen Kaffee und Gebäck hin.

»Ja, danke«, antworte ich nur kurz angebunden und konzentriere mich auf das Schreiben auf meinem Bildschirm.

»Louis, ich gehe mal kurz vor die Tür, eine rauchen. Ich stelle solange mein Telefon zu dir um.«

»Irgendwann bringen diese Zigaretten dich noch um, Tamara!« Ich weiß, dass sie das nicht gern hört, aber das ist mir egal. Tamara ist eine hübsche junge Frau, die auch mir sehr gefällt. Aber Rauchen ist für mich ein absolutes No-Go.

»Ich weiß, aber ich bin nun mal nicht so wie du. Ich brauche das.«

Mit diesen Worten verschwindet sie durch die Tür und ich beobachte sie durch das Fenster. Unser Chef sieht das gar nicht gern, da er der Meinung ist, sie würde damit Kunden vergraulen. Er meint immer, sie solle doch bitte dafür die Hintertür benutzen. Da wäre wenigstens keine Laufkundschaft, denn hier kommen viele Leute spontan rein.

Das Maklerbüro Lumitz ist in der Stadt sehr angesehen und hat einen hervorragenden Ruf. Zeitungsanzeigen haben wir deshalb eigentlich gar nicht nötig. Mein Chef weiß auch gar nichts davon, dass ich die Annonce geschaltet habe. Ich habe das nur gemacht, weil ich letzte Woche eine Wette mit meinem Freund Anton verloren habe. Ich hatte im Gewichtstemmen gegen ihn verloren und der Wetteinsatz bestand darin, eine Anzeige zu verfassen – ohne Hilfe meiner Sekretärin. Er weiß, dass das absolut nicht mein Ding ist.

Ich war mir so sicher, dass ich mehr Kraft habe als er. Bisher war das jedenfalls immer der Fall gewesen. Er musste heimlich trainiert haben, anders kann ich mir das nicht erklären.

Das Inserat ist furchtbar geworden, finde ich. Ich hoffe, dass mein Chef es nicht entdeckt. Das wäre in seinen Augen sicher rufschädigend. Dass sich auf diese Anzeige jemand meldet, habe ich ehrlich gesagt nicht erwartet.

Mein Emailprogramm ploppt auf. Sieben neue Emailanfragen auf die Annonce. Während ich die Mails überfliege, klingelt das Telefon. »Maklerbüro Lumitz, Heinrich, guten Tag. – Frau Höfer ist gerade in einem Termin. Was kann ich ihr ausrichten?« Ich greife zu Stift und Papier. *Noch ein Interessent, das gibt es doch nicht!*

Die Emails leite ich an Tamara weiter. Wenig später spaziert sie zurück ins Büro. »Tamara, es kam ein Anruf wegen der Anzeige und sieben Emails. Kannst du dich bitte darum kümmern?« Sie nickt und macht sich auch gleich an die Arbeit.

Tamara und ich waren von Anfang an ein gutes Team. Ich kann mich immer auf sie verlassen. Auch wenn sie manchmal versucht, mir Arbeit unterzuschieben.

Mittlerweile bin ich damit beschäftigt, die Internetseite zu durchsuchen, ob noch alte Wohnungsangebote online sind.

Der Wohnungsmarkt läuft wie immer sehr gut – egal ob Mietwohnungen oder Eigentumswohnungen. Dafür hat mein Chef bei seiner Marktanalyse festgestellt, dass Einfamilienhäuser momentan eher schlecht vermittelbar sind. Ich überlege, was ich tun kann, damit es wieder besser läuft, und schaue mir noch mal unsere Webseite an. *Irgendetwas muss es doch geben.* Vielleicht sind die Fotos zu pixelig? An der Lage der Immobilie kann es jedenfalls nicht liegen.

Ich stehe auf und gehe raus vor die Tür, schaue mir unsere Aushänge von den Wohnungs- und Hausangeboten an. Da stelle ich fest, dass auch hier die Wohnung aushängt. Aber darum geht es mir gerade nicht. Ich bin am überlegen, wie ich die Häuser ansprechender anbieten könnte. Da mir auf die Schnelle keine Lösung einfällt, gehe ich zurück ins Büro und widme mich meinen anderen Aufgaben.

Die Zeit vergeht heute wie im Flug und das bemerke ich auch nur, weil Tamara fragt, ob sie etwas zu essen für mich mitbringen solle. Wenig später überrascht sie mich mit Fastfood. Nicht unbedingt das, was ich mir vorgestellt habe. Aber die Kalorien werde ich mir nachher beim Fitnesstraining oder Joggen wieder abtrainieren. Also halb so schlimm.

Nach dem Essen fällt mein Blick auf die Uhr. In einer Stunde ist die Wohnungsbesichtigung.

Ich mache mich mit dem Auto auf den Weg und finde auch gleich einen Parkplatz direkt vor der Hausnummer 12. Was für ein Glück, denn so kann ich kurz hoch in die Wohnung schauen, ob alles in Ordnung ist, bevor ich mir noch schnell einen Kaffee to go bei dem Bäcker um die Ecke hole.

Mit dem Kaffee in der Hand verlasse ich den Backshop und höre in der Nähe ein lautes Krachen.

Einige Leute blicken in die Richtung der Kreuzung. *Ein Auffahrunfall?* Doch bevor ich meinen Kopf recken kann, um etwas zu erkennen, dreht sich die Frau vor mir ruckartig um und stößt gegen mich. Ich kann gar nicht so schnell reagieren, wie der Kaffee über meinen Anzug kippt.

»Au, verdammt!«, brüllt sie mich an.

»Mist! Passen Sie doch auf!«, erwidere ich zornig und will mir gerade Luft machen. Da blickt sie zu mir auf mit den strahlendsten grünen Augen, die ich je gesehen habe, und ihrem zauberhaften Gesicht, was mich blitzartig verstummen lässt.

Mathea

Heute habe ich einen Termin mit einem Makler zu einer Wohnungsbesichtigung vereinbart. Die Anzeige in der Zeitung klingt vielversprechend: *Zwei Zimmer für einen super guten Preis und auch noch die perfekte Lage.* In dieser Ecke gibt es wunderschöne Altbauhäuser mit verschnörkelten Fassaden. Ich hoffe, das Ganze hat keinen Haken.

In meinem roten Lieblingsrock mache ich mich auf den Weg und laufe zu der Adresse, die mir die Sekretärin am Telefon genannt hat. Heute ist ein herrlicher Frühlingstag. Die Straße ist wie eine Allee angelegt – links und rechts von kleinen Bäumen eingesäumt, deren Blüten rosa schimmern. Das sieht so märchenhaft aus und es duftet so gut. Und dann diese gepflegten kleinen Sträucher vor den Häusern. Selbst die Laternen passen super ins Straßenbild. Die unweit entfernte Hauptstraße ist kaum zu hören.

Jetzt im Frühling, wenn alles anfängt zu blühen, ist dieser Teil der Stadt so wunderschön. Ich sehe mich schon auf dem Balkon sitzen und die Ruhe genießen. Ich male mir aus, wie ich mich dabei in der Sonne brutzeln lasse und ein Buch lese oder abends mit Freunden ein Glas Wein genieße.

Gedankenversunken laufe ich die Straße entlang und hoffe, dass das mit der Wohnung klappt. Ein lautes Krachen, das nicht in diese schöne Gegend passt, lässt mich zusammenzucken. Erschrocken drehe ich mich um. Es hat sich wie ein Unfall angehört. Ich recke meinen Hals und sehe zur Kreuzung. Tatsächlich, ein Unfall. Zum Glück scheint nichts Größeres passiert zu sein. Ich drehe mich um, um weiterzugehen, und stoße mit jemanden zusammen.

»Au, verdammt!«, schreie ich erschrocken.

»Mist! Passen Sie doch auf!«, schimpft eine Männerstimme. Ich kann ihn kaum erkennen, die Sonne blendet mich so.

»Haben Sie keine Augen im Kopf?«, entgegne ich patzig. Bevor er etwas erwidert, sieht er mich einen Moment mit offenem Mund an. Dann schüttelt er fast unmerklich seinen Kopf und sagt: »Entschuldigung, ich habe Augen im Kopf. Ganze zwei Stück, sehen Sie? Vielleicht schauen Sie lieber mal hin, wo Sie hinlaufen. Verdammt!« Der fremde Mann im Anzug wirkt genervt. Sein Kaffeebecher ist jetzt wohl leer, denn der Kaffee ist zum Teil auf seinem Anzug verteilt. Mit einer

Serviette tupft er auf seinem Hemd herum. Der Rest ist auf seinen Lackschuhen gelandet.

Oh nein. Das fehlt mir gerade noch.

Von meinem Fuß steigt ein ekelhafter Geruch nach Hundekacke auf. *Warum gerade jetzt?* Haltsuchend fasse ich an einen der Bäume und versuche, den Hundekot von dem Schuh abzubekommen, indem ich ihn über das kleine Rasenstück ziehe. Das macht es jedoch nicht besser. »Das ist ja widerlich! Diese...!«

Verstohlen blicke ich zu dem Mann rüber, der noch immer vergebens an seinem Hemd herum tupft. *Bitte, sag jetzt nicht, dass ich auch noch die Reinigung des Anzugs bezahlen soll.*

Ich verliere diesen Gedanken sofort, als ich auf meine Armbanduhr schaue. *Mist, gleich ist schon der Termin.* Auf der Suche nach einem Stock gehe ich genervt weiter und habe den Anzugtypen schon wieder fast vergessen.

Nachdem ich die Reste der Hundekacke von meinem Schuh abgekratzt habe, streife ich ihn nochmals über das saftig grüne Gras und suche gleichzeitig nach der Hausnummer, zu der ich gehen muss.

Wie hieß der Makler nochmal, überlege ich, als ich vor der Hausnummer 12 stehe.

Vielleicht sollte ich doch lieber in der jetzigen Wohnung bleiben? Der Umzug kostet ja immerhin eine Menge Geld.

Und vor zwei Wochen habe ich auch erst gemalert. Vielleicht ist es etwas überstürzt gewesen, gleich eine Wohnungsbesichtigung zu vereinbaren. Aber es ist ja auch nur eine Besichtigung, das heißt ja nicht, dass ich sie gleich nehmen muss.

Ich bin noch völlig in meinen Gedanken, da taucht neben mir ein Schatten auf. Ich sehe hoch und da steht er.

»Guten Tag! Sind Sie Frau Wenk?« »Äh … ja«, antworte ich überrascht.

»Ich bin Louis Heinrich, Ihr Immobilienmakler.« Ich starre ihn an und überlege. *Oh nein! Wie peinlich.*

Vor mir steht der Kerl, mit dem ich gerade zusammengestoßen bin. Ich erkenne ihn an der Stimme wieder und natürlich an den Kaffeeflecken auf dem Anzug. Er sieht mich mit einem rätselhaften Blick an, bevor er die Tür aufschließt und wir zusammen in das Haus hineingehen.

Das Treppenhaus sieht gepflegt aus. Die Wände sind hell gestrichen, nicht weiß, eher cremefarben oder Eierschale. Auf den Fensterbänken stehen Pflanzen.

Ich folge Herrn Heinrich die drei Etagen nach oben, bis er vor einer Wohnungstür stehen bleibt. Eine typische Altbauwohnungstür, weiß mit einem braunen Türrahmen.

Er schließt sie auf und fragt mich: »Ich hoffe, Sie haben keinen Hundekot mehr an ihrem Schuh?« Er zwinkert mir zu. Ich schüttele nur meinen Kopf und merke, wie meine Wangen heiß werden.

In der Wohnung schaue ich mir jeden Raum genau an. Der Makler entschuldigt sich und verschwindet mit seinem Handy auf den Balkon. Mich stört das nicht, ich habe eh keine Lust auf Makler-Smalltalk.

Das Badezimmer hat sogar ein Fenster, wie schön. Ich mache innerlich einen Haken auf meiner Checkliste. Mit einer volleingerichteten Küche, die ebenso ein Fenster aufweist, scheint diese Wohnung bis jetzt perfekt für mich zu sein.

Ich gehe weiter ins Wohnzimmer, wo er steht, mit seinem Handy in der Hand und jeder Menge Papiere. *Er glaubt doch wohl nicht, dass ich hier sofort etwas unterschreibe? Andererseits: Die Wohnung ist bestimmt sehr beliebt bei dieser Lage. Oh nein, ich kann mich nicht sofort entscheiden.*

»Wie hoch ist die Miete insgesamt?« frage ich, als er vor mir steht. Ich schaue in seine Augen und bin erstaunt, dass mir das noch nicht vorher aufgefallen ist. Das Blau um seine Iris ist mit grauen Punkten vermischt, die den Eindruck erwecken, als würden seine Augen funkeln.

Die kleine Narbe in seiner Augenbraue ...*ob er mal ...*

»Hallo? Haben Sie mich verstanden?«, fragt der Makler.

»Äh, ja. Danke«, stottere ich. *Oh man, was ist nur los mit mir? Reiß dich zusammen, Mathea!* Ich habe nichts von dem verstanden, was er gesagt hat. Meine Wangen glühen jetzt förmlich, und ich möchte nicht wissen, wie rot ich bin.

»Alles in Ordnung mit Ihnen? Geht es Ihnen nicht gut?«, fragt er ehrlich besorgt.

»Doch, alles bestens«, erwidere ich leise.

»Möchten Sie zu der Wohnung noch etwas wissen? Oder soll ich Ihnen noch eine andere Wohnung zeigen?«

»Ich würde mir den Balkon gerne noch ansehen. Und gibt es einen Keller?« Er nickt und geht voraus in Richtung Balkontür. Ich greife nach dem Griff, und in diesem Moment berühren sich unsere Finger, da er mir die Tür offenbar aufhalten wollte.

Ein elektrischer Schlag knistert zwischen uns, und ich ziehe erschrocken meine Hand zurück. Verlegen schaue ich auf. Er lächelt mich an und ich spüre seine andere Hand auf meinem Rücken. Ein Kribbeln wandert von dieser Berührung durch meinen Körper, das ich aber versuche, zu ignorieren.

Neugierig beuge ich mich über die Brüstung und schaue in den Innenhof. Aus dem Augenwinkel nehme ich wahr, dass er mich beobachtet. Ich sehe ihn an und kann meinen Blick nur schwer von diesen blauen Augen und seinem Lächeln lösen. Das Kribbeln von eben taucht wieder auf, ohne eine weitere Berührung von ihm. Als ich merke, dass ich ihn schon zu lange anstarre, drehe ich mich wieder zur Brüstung und schaue übertrieben interessiert nach unten, wo ein paar Kinder spielen.

Erneut spüre ich seine Hand an meinem Rücken. *Es fühlt sich so gut an.*

»Gefällt Ihnen, was sie sehen?«

»Oh, es fühlt sich gut an«, wispere ich leise.

»Ich meinte eigentlich den Innenhof, ob er Ihnen gefällt, aber schön, dass Sie sich hier wohlfühlen.«

Er lächelt verschmitzt. *Oh nein, wo bin ich nur mit meinen Gedanken? Warum muss dieser Typ auch so heiß aussehen?*

»Alles ok bei Ihnen?«, fragt der Makler. *Oh, schau mich doch bitte nicht so an. Ich schmelze sonst noch dahin wie ein Stück Schokolade in der Sonne.*

»Ja«, sage ich leise.

»Dann können wir uns ja den Keller ansehen gehen.«

»Gerne«, sage ich und laufe voraus, ohne ihn dabei anzusehen.

Auf der Treppe erklärt er mir: »Leider gibt es hier keinen Fahrstuhl, aber bei vier Etagen lohnt sich das ja auch nicht wirklich. Und es hält fit.« Er dreht sich um und unsere Gesichter sind nur Millimeter voneinander entfernt. Ich habe damit nicht gerechnet und kralle mich krampfhaft am Geländer fest, um nicht auf ihn zu stürzen. Ich halte den Atem an, und er lächelt wieder so hinreißend. *Was macht er nur mit mir? Ob es ihm auch so geht?*

Mathea

Nach ein paar Schritten öffnet er die Kellertür, macht das Licht an und sucht an den metallenen Türen nach der Nummer der dazugehörigen Wohnung. Ich reibe mir meine Oberarme. Es fehlt nichtviel und weiße Wölkchen steigen vor meinem Mund auf.

»Jede Wohnung hat ihren eigenen separaten Keller, sie sind groß und geräumig«, sagt er. Die einzelnen Kellerräume sind durch Metallgitter voneinander getrennt. *Immerhin kommt mir kein muffiger, feuchter Kellergeruch entgegen. Im Gegenteil, es riecht nach frischer Wäsche.* Als hätte er meine Gedanken gelesen, sagt der Makler: »Hier unten gibt es auch einen Trockenraum. Da können Sie Ihre Wäsche aufhängen.« Er deutet auf eine verschlossene Tür.

Gedankenverloren nicke ich.

Wieso schlägt mein Herz mit einem Mal immer schneller? Ich wische meine feuchten Hände unauffällig an meinem Rock ab. *Hilfe, was ist nur los mit mir? Ja, okay, er sieht verdammt heiß aus, na und? Hör auf, ihn mit den Augen auszuziehen! Das ist hier eine Wohnungsbesichtigung und kein Blind Date!*

»Da ist er ja.« Er bleibt vor einem leeren Kellerabteil stehen, dreht sich um und lehnt sich an den Türrahmen. Er sieht mich mit seinen leuchtend blauen Augen an, und meine Knie werden weich wie Gummi. Er lächelt, aber irgendwie scheint auch er etwas nervös zu werden.

Am liebsten würde ich ihn küssen. Diese zart aussehenden Lippen auf meinen spüren und seinen Duft einsaugen. Er riecht bestimmt wahnsinnig gut. Ich stelle mir vor, wie er mir mein Shirt abstreift und jeden Zentimeter von meinem Körper mit seinen Lippen berührt. Und … *Ich muss damit aufhören!*

Mittlerweile bebt mein ganzer Körper, und ein lang verborgenes Verlangen macht sich bemerkbar. Sein Blick zieht mich magisch an und ich kann es kaum noch ertragen, ihn nicht anfassen zu dürfen. *Wie er wohl unter seinem Anzug aussieht?*

In meiner Vorstellung streife ich ihm sein Jackett ab, löse seine Krawatte und öffne ganz langsam jeden einzelnen Knopf von seinem Hemd. Dann streichele ich sanft über seinen Oberkörper und übersäe ihn mit Küssen, bis ich an seiner Hose angekommen bin, um erst den Gürtel zu öffnen und dann seine Hose. Bei dem Gedanken wird mir ganz heiß.

Und dann geht es plötzlich ganz schnell. Er zieht mich an sich und ich spüre seine kräftige Hand an meinem Po. Ein Schauer durchläuft mich. *Oh Gott, es passiert wirklich!* Sein Gesicht ist meinem so nah.

Seine Lippen streifen über meine Wange und ich schließe kurz die Augen. Er greift immer fester zu und sein Atem kitzelt in meinem Ohr. Er küsst mich zärtlich auf die Wange, während meine Hände zu seiner Hüfte wandern. Tief atme ich seinen Geruch ein und möchte gar nicht mehr aufhören, an ihm zu riechen. Meine Hände klammern sich an ihm fest. Durch seinen Anzug fühle ich seinen muskulösen Körper.

Genussvoll schließe ich die Augen und stöhne unbeabsichtigt auf. *Ich möchte mehr davon. Mehr von ihm, seinen mich in den Wahnsinn treibenden Küssen und mehr von seiner Nähe. Aber warum zieht er mich so an? Ich kenne ihn doch gar nicht.*

Er streicht mir mit seinem Finger über meinen Mund und dreht mein Kinn so, dass ich ihm direkt in die Augen schauen muss. Dann küsst er mich. Seine Lippen auf meinen. *Endlich.* Sie sind so zart.

Gänsehaut überzieht mich, doch nicht mehr von der Kälte hier unten.

Der Kuss ist innig und doch bedacht. Seine Augen glänzen, und als sich unsere Münder voneinander lösen, erscheint ein Lächeln auf seinen Lippen. Ich neige meinen Kopf und sehe ihn sehnsüchtig an. Dieses Kribbeln in meinem Körper, diese aufsteigende Hitze in mir ...*Ich werde bestimmt schon wieder rot.* Ich beiße mir auf die Lippen.

Mit beiden Händen hält er mein Gesicht fest, zwingt mich, ihn wieder anzusehen. Sein Mund ist leicht geöffnet und er atmet schwer. Er küsst mich erneut. Diesmal noch intensiver. Ich spüre seine Zunge, wie sie sich zu meiner vortastet und sie umkreist. Erst ganz langsam, dann immer schneller. Der Kuss scheint diesmal unendlich anzudauern und mein Kopf glüht.

Mir ist so warm.

Ein kurzer Blick von ihm, und dann drückt er mich an das Metallgitter. Seine Hände wandern immer weiter hinunter, bis zu meinem Po. Er packt zu und ich zucke zusammen. Ich spüre seine Erregung, während meine Hände zu seinem Gesicht wandern und über seinen Dreitagebart streicheln. *Oh, wie ich das liebe.* Ich kralle mich in seinen Haaren fest und vernehme ein leises »Hm«. Unsere Zungen spielen noch immer dieses heiße Spiel.

Ich glaube, ich träume.

»Hey«, sagt er lächelnd zu mir, während ich noch immer im Land der Träume bin und nicht möchte, dass dieser Moment aufhört. Er küsst mich sachte auf den Mund, und ich sehe direkt in seine sanftmütigen Augen.

»Hey«, erwidere ich leise und weiß plötzlich nicht so recht, was ich von all dem halten soll. *Es war kein Traum, es ist gerade wirklich passiert.* Ich stehe mit meinem Immobilienmakler im Keller und wir haben uns soeben sehr innig geküsst. »Oh nein«, flüstere ich leise, senke meinen Kopf und wische mir schüchtern über die Lippen.

Er legt seine Hand an mein Kinn und zieht es sanft hoch. Unsere Blicke treffen sich, und ich spüre sofort wieder dieses Vibrieren in meinem gesamten Körper.

»Alles ok bei dir?«, fragt er und räuspert sich. Ich bringe nur eine leises »Ja« zustande und kann seinen Blicken nicht ausweichen. Noch immer lächelt er mich an und ich merke ein verlangendes Ziehen in meinem Unterleib. *Oje.*

Er nimmt meine Hände und hält sie ganz sanft fest. Eine leichte Berührung, doch sie ist so unglaublich prickelnd. Ich atme tief ein, denn mein Herz schlägt wahnsinnig schnell, wie eine Dampflock unter Hochdruck. Fragend sehe ich ihn an. *Was ist das hier? Was tun wir hier gerade? Das ist doch nicht echt, oder?*

Es war schön, so wunderschön, und ich möchte mehr davon, viel mehr.

»Warum schaust du mich so fragend an?«, will er wissen.

»Was machen wir hier?«, frage ich, anstatt ihm zu antworten.

Er hebt eine Augenbraue. »Unser Start war zwar nicht der beste, aber als du dann erneut vor mir standst …«*Oh, nein! Nicht daran erinnern!* Er hält inne und streichelt mir über die Wange. »… da war es um mich geschehen. Du siehst einfach heiß aus. Ich könnte dich auf der Stelle …«

Wow! So etwas habe ich noch nie erlebt! Ich küsse ihn, um ihm zu zeigen, dass es mir genauso geht. Seine Hände umschlingen mich und ich schmiege mich immer fester an ihn. Dabei spüre ich die Härte zwischen seinen Beinen. Eine fremde Glut brodelt in mir und lässt mich innerlich kochen.

Auf einmal dreht er mich um und drückt mich schwungvoll gegen das Metallgitter. Er küsst meinen Nacken und nimmt meine Arme nach oben über meinen Kopf. Beginnend an meinem Hals streicht er mit seinen Händen jeweils links und rechts an meinem Körper entlang.

Von diesem kitzelnden Gefühl zucke ich zusammen, und er wispert mir sinnlich ins Ohr: »Du bist so unglaublich schön und sexy.« Er dreht mich wieder zu sich, küsst mich erst auf den Mund und wandert weiter zu meinem Hals, wo er jeden einzelnen Zentimeter mit seinen Lippen verwöhnt. Meine Atmung wird immer schneller. Ich kann kaum noch stillhalten.

»Ich will dich«, flüstert er mit einem Raunen, das mir erneut einen Schauer über den Rücken laufen lässt.

»Ja«, stöhne ich kaum hörbar. Er küsst mich stürmisch auf den Mund. Daraufhin ergreift er meine Hand und zieht mich die Treppe hinauf ins Erdgeschoss. »Warte kurz hier.« Ich beobachte ihn durch die offene Haustür, wie er raus zu seinem Auto geht.

Wenig später kommt er mit einer Sporttasche zurück, nimmt mich wortlos an der Hand und wir gehen in die Wohnung in der dritten Etage.

»Zeigst du mir jetzt die Wohnung nochmal?«, frage ich spitzbübisch.

»Ja, aber dieses Mal anders«, sagt er und lächelt schelmisch. *Was hat er vor? Und warum die Sporttasche?*

Er wird doch nicht ...

Mathea

Er schließt die Wohnungstür auf, zieht mich hinein und legt die Sporttasche ab.

»Gefällt dir … ähm … die Wohnung?« Er schaut mich fragend an.

»Mathea, ich heiße Mathea. Und ja, ich glaube, sie gefällt mir.«

»Was meinst du mit: Ich glaube?« Er mustert mich verdutzt.

»Ich habe sie mir nur flüchtig angesehen, es war mir so unangenehm, wegen dem Zusammenstoß und so«, erwidere ich leise mit gesenktem Kopf. *Oh man, wie peinlich!*

»Hey.« Er hebt mein Kinn erneut hoch und schaut mich eindringlich an. »Ich zeig sie dir einfach noch mal.« Dann küsst er mich auf die Stirn. Ich atme tief ein, als seine Hände zu meinem Po wandern und er fest zupackt. *Oje, ich halte das nicht mehr lange aus. Er weckt so ein starkes Verlangen in mir.*

Er legt einen Finger auf meinen Mund. »Du hast so unglaublich tolle Lippen, Mathea. Ich bekomme nicht genug von ihnen.« Schon spüre ich seine auf den meinen. Er küsst so verdammt gut.

Mit dem Fuß schließt er die Wohnungstür hinter uns, hebt meine Arme über meinen Kopf und drückt mich an die Wand. Ich spüre wieder seinen ganzen Körper und seine Erregung sowie das immer stärker werdende Pochen zwischen meinen Beinen.

»Du kennst jetzt meinen Namen. Aber wie heißt du? Oder soll ich dich Herr Heinrich nennen?«, frage ich frech schmunzelnd.

»Ich heiße Louis.« Er küsst mich erneut. »Und jetzt zeige ich dir die Wohnung. Möchtest du die Standardführung oder …« Er lächelt mich an. »Oder?«, frage ich.

Er zieht mich an sich. »Naja, ich kann dir jeden Raum einzeln zeigen. Aber jeden auf eine andere Art und Weise, wenn du magst.« Wieder sieht er mich mit diesem verführerischen Glitzern an. Ich weiß nicht so recht, was ich davon halten soll. Ob er das immer so macht und ich bin nur die Nächste auf seiner Liste? *Oh nein!*

»Was ist? Möchtest du jedes Zimmer auf eine besondere Art und Weise erleben?«

Unsicher kaue ich auf meiner Lippe.

»Ich weiß, was du denkst. Nein, es ist keine Masche. Wirklich! Du ziehst mich an und das auf eine Weise … So eine Begegnung hatte ich noch nie mit …«

Ich lasse ihn nicht weiterreden und presse meine Lippen auf seine.

»Okay.« Es ist mehr gehaucht als gesprochen.

»Dann fangen wir mit dem Flur an.« Er nimmt meine Hände, liebkost sie und legt sie links und rechts von mir an die Wand. Mit einer gekonnten Bewegung drückt er meine Schenkel auseinander und ich spüre seine Beine zwischen meinen. Seine Hände gleiten an meinem Hals entlang. »Bleib so!«, haucht er mir ins Ohr. Ich nicke. Er fängt an, an meinem Ohr zu knabbern, und küsst dann meinen Hals. Ich zucke vor Erregung. »Nicht bewegen!«, flüstert er erneut.

»Mach die Augen zu und vertrau mir, ich führe dich«, sagt er leise, aber bestimmt. Er hält mir vorsichtshalber die Augen zu und führt mich sehr bedacht. Mir stockt der Atem, er lässt mir keine andere Wahl, als ihm zu vertrauen. *Was macht er jetzt nur mit mir?* Ich höre, wie er eine Tür aufmacht. Zwei Schritte noch und wir bleiben stehen. Ich spüre, wie der Wind durch meine Haare weht, und eine angenehme Wärme auf meiner Haut. So, als würde die Sonne auf meine Haut scheinen. Vögel zwitschern laut um die Wette. Er bleibt hinter mir stehen.

»Ich nehme jetzt meine Hände von deinen Augen. Lass sie bitte noch zu.« Ich nicke. Er streicht meine Haare zur Seite und fährt mit seinen Lippen über meinen Nacken. »Mach deine Augen jetzt langsam auf.« flüstert er.

Die Sonne blendet mich und ich muss blinzeln. Wir stehen, wie vermutet, auf dem Balkon. Ich schaue auf diesen wunderbaren Innenhof, der so schön grün leuchtet mit den vielen blühenden Blumen. Die Kinder von vorhin sind verschwunden.

Er küsst meinen Hals und ich seufze auf. »Gefällt dir der Ausblick, Mathea?«

»Ja, dieser Ausblick ist traumhaft.«

»Mir gefällt auch, was ich sehe«, sagt er zweideutig. Ich kann nicht anders, drehe mich um und küsse ihn.

»Auf dem Balkon ist genügend Platz für einen Tisch mit Stühlen. Du könntest hier also frühstücken oder dich sonnen.«

»Oder andere verrückte Dinge tun.« Ich grinse geheimnisvoll. Ein überraschter Blick huscht über sein Gesicht. »Aber es ist Frühling und draußen noch etwas zu frisch dafür«, füge ich hinzu.

Von hinten nimmt er mich in den Arm und wärmt mich. Es fühlt sich so gut an in seinen starken Armen, so vertraut. Ich vergesse alles um uns herum und genieße dieses Gefühl der Leidenschaft.

Seine Hand wandert unter meinen Rock und tastet sich zu meinem Slip vor. Er schiebt ihn zur Seite und seine Finger wandern zu meiner warmen Mitte, was ihn wohlig aufstöhnen lässt.

Voller Lust beuge ich mein rechtes Bein an und umklammere ihn damit. Währenddessen wandert meine linke Hand nach hinten zu seinem Schritt. *Was für eine große Beule!* Er dringt mit seinem Finger in mich ein und nun keuche ich auf. Laut, zu laut. Erschrocken blicke ich mich um, ob uns jemand gehört hat. Peinlich berührt drücke ich mich von der Brüstung weg und stoße seine Hand beiseite.

»Was ist los? Habe ich was falsch gemacht?«, fragt er und sieht mich fast so an, als hätte ich ihm eine Ohrfeige verpasst.

»Ich kann nicht…«, beginne ich, doch er legt einen Finger auf meine Lippen. Er führt mich ins Wohnzimmer und schließt hinter mir die Tür.

»Ich zeige dir den Innenhof nachher noch, wenn wir runtergehen. Von hier oben kannst du nicht alles sehen.«

Wie, von hier oben kann ich nicht alles sehen? Gibt es da noch einen Pool oder eine Sauna? Was würde er dort mit mir anstellen?

»Was genau kann ich von hier oben nicht
sehen?«, frage ich stattdessen, doch er antwortet
nur
geheimnisvoll: »Warte ab! Ich zeige es dir später.«

Mathea

Im Wohnzimmer drückt er mich an die Wand. Seine Augen schimmern ganz dunkel, und seine Hose ist so prall. *Was kommt als Nächstes?* Mir wird heiß und kalt gleichzeitig. Das Kribbeln ist überall in meinem Körper zu spüren, in jeder Zelle, intensiv und drängend, fast quälend. »Oh Louis…«, stöhne ich und erkenne mich gar nicht wieder. *Es ist kaum auszuhalten. Erlöse mich endlich!*

»Du riechst so gut. Ich freue mich schon, von dir zu kosten. Du schmeckst bestimmt so gut, wie du riechst«, sagt er mit rauer Stimme.

Meine Hände krallen sich in seinem Haar fest. »Und jetzt: Zeigen Sie mir das Wohnzimmer, Herr Heinrich!« Ich schaue ihn an wie eine unschuldige Studentin.

»Okay, dann messen wir mal die Wand hier aus.« Er stellt sein Bein zwischen meine, um sie zu spreizen und hebt meine Arme in die Höhe. »Nach oben hast du noch Platz«, sagt er mit einem Blick, als würde er etwas auf einem Zollstock abmessen.

Dann führt er erst meinen linken Arm und dann den anderen auf seine Schultern herab. Während er sich plötzlich nach unten beugt, mein rechtes Bein am Knöchel umfasst und es seitwärts nach oben hebt, rufe ich erschrocken: »Huch«. Von meinem Schienbein wandern seine Küsse immer weiter nach oben. Es kitzelt und ist gleichzeitig so sinnlich. Ich bin regelrecht enttäuscht, als er das Bein viel zu schnell sinken lässt.

»Zu dieser Seite hin hast du auch genug Platz.«

Ich brauche einen Moment, um das Gesagte zu verarbeiten, und nicke gespielt ernst. Während er sich nun meinem linken Bein in der gleichen Art und Weise widmet, werfe ich erwartungsfroh meinen Kopf in den Nacken und mein Atem wird immer schneller. Seine Küsse wandern dieses Mal weiter und enden auf meinem sicherlich schon ganz feuchten Slip, dort, wo das Pulsieren am stärksten ist. Ich beiße mir hungrig auf die Lippe. Hungrig auf ihn.

Langsam lässt er mein Bein sinken. »Bleib stehen, beweg dich nicht«, weist er an. Ich kann mich kaum ruhig halten, das Pochen zwischen meinen Beinen ist schier unerträglich. Ich ziehe scharf die Luft ein, als er mir meine Jacke auszieht und mein Shirt nach oben schiebt.

Seine Lippen wandern vom Hals abwärts, Richtung Dekolleté. Er zieht den Stoff meines BHs herunter und umschlingt meine Brüste mit seinen großen Händen, bevor er sie liebevoll küsst. Ich kann kaum noch stillstehen, geschweige denn meine Hände an der Wand ruhig halten.

»Mathea, beweg dich nicht!«, fordert er mich erneut auf und schaut mich eindringlich an.

»Ich ziehe dir jetzt dein Shirt aus.« Er führt meine Arme nach oben, streift mir das Kleidungsstück über den Kopf und lässt es fallen. Durch den heruntergeklappten BH sehen meine Brüste noch größer und praller aus. Er betrachtet sie bewundernd und ist mir so nah, dass ich seine Erregung durch die Hose spüre. Sanft knetet er meine Brüste und küsst meine Knospen, die sich vor Erregung schnell aufrichten. Er saugt fest an ihnen und keucht wild. Ich stöhne laut auf, lauter als beabsichtigt. Ich habe mich gleich nicht mehr unter Kontrolle!

»Was sagst du zum Wohnzimmer? Gefällt es dir? Ist es groß genug für dich?«, fragt er und verpasst meiner Erregung einen kleinen Dämpfer. »Oh man, wie hart«, stöhne ich ernüchtert. »Sie sind wahnsinnig hart, deine Nippel …«, erwidert er lustvoll.

»Die meinte ich eigentlich nicht«, sage ich und lächle. »Das Wohnzimmer ist schön. Was kommt als Nächstes dran?«

Mathea

Er hebt mich hoch, ich schlinge meine Beine um seine Hüften und wir küssen uns innig. Als wäre ich leicht wie eine Feder, trägt er mich in die gegenüberliegende Küche. Dort angekommen bleibt er stehen und setzt mich auf der Arbeitsplatte ab. Unsere Münder können nicht voneinander lassen. Meine Lenden drängen sich gegen seinen flachen Bauch.

Louis tüftelt am Verschluss meines BHs herum und öffnet ihn kurz darauf gekonnt. Ich befreie mich von dem störenden Stoff, während wir uns immer noch eng umschlungen küssen. Meine Brustwarzen sind extrem hart und empfindlich.

Ich ziehe ihm endlich sein Jackett aus und werfe es auf den Boden. Dann öffne ich den ersten Knopf von seinem Hemd. In diesem Augenblick hält er meine Hand fest, und ich schaue ihn schmachtend an, doch dann erkenne ich, wohin er gierig starrt, und habe verstanden.

Seine Lippen tasten sich umgehend zu meinen Brüsten hinab. Jeder Kuss ist wie eine zärtliche

Berührung. Und dann ist er an meinen Brustwarzen angelangt. *Was für ein kribbeliges Gefühl!*
Ganz vorsichtig küsst er sie. Ich spüre, wie seine Zunge sie umkreist. Meine Hände sind fest in seinem Haar vergraben.

Als er beginnt, an meiner Brustwarze zu saugen, entrinnt mir ein unkontrolliertes Stöhnen. Ich spüre seine Finger an meiner anderen Brust – wie sie meine Brustwarze zwirbeln. Seine andere Hand ist an meinem Rücken, und jetzt …

»Oh, du bist der Hammer, Mathea. Wo warst du nur so lange?«, stöhnt Louis. Er drückt mit beiden Händen meine Brüste zusammen und liebkost sie.

»Es ist der Wahnsinn, ich kann gleich nicht mehr«, jammere ich auf, als er die Seiten wechselt. Er schaut mich an, löst seine Krawatte und grinst.

Blitzschnell hebt er meine Arme vor meinen Körper und fesselt sie mit seinem Schlips an den Griff des Hängeschranks über mir. Völlig wehrlos bin ich ihm ausgeliefert und kann es kaum erwarten, was er als Nächstes mit mir vorhat.

Behutsam streichelt er mit der einen Hand über meine Wange und küsst mich auf den Mund, während seine andere unbemerkt unter meinen Rock fährt und meinen Slip zur Seite schiebt. Ich zucke zusammen – vor Schreck und Erregung.

Dabei gebe ich Geräusche von mir, die ich noch nie gehört habe. *Er bringt mich um den Verstand!*

»Pssssst …«, flüstert er und legt dabei seinen Zeigefinger auf meinen Mund. Er hebt meinen Po mit beiden Händen kurz hoch, um mir meinen Slip auszuziehen. *Was hat er vor?* Mir bleibt keine Zeit, um weiter darüber nachzudenken. Denn sein Gesicht verschwindet unter meinem Rock.

Seine Hände sind fest an meinem Po, während er mich zwischen meinen Beinen küsst und kurz darauf fast dafür sorgt, dass ich meinen Höhepunkt erreiche. Denn er macht mehr, als mich nur mit seinen Lippen in meiner warmen Mitte zu küssen. Ungeduldig bewege ich mich hin und her.

Er saugt meine Lust regelrecht in sich auf und scheint es zu genießen. Ich vernehme ein »Hmmmm …«, während ich mich kaum noch halten kann. Seine Hände an meinem Po verstärken mein Verlangen, denn es ist unglaublich heiß, sie da zu spüren.

Als er an meinem Keuchen merkt, dass ich kaum noch kann, kommt er unter meinem Rock hervor.

Er leckt sich genüsslich mit seiner Zunge über die Lippen. »Du schmeckst fantastisch. Ich hoffe, die Krawatte war nicht zu schmerzhaft …«

Mitten im Satz stockt er. Er hält sich einen Finger vor den Mund und lauscht.

Ich kichere. »Was hast du jetzt mit mir vor?« Doch da höre auch ich, was Louis' Aufmerksamkeit abgelenkt hat. Ein Klappern an der Eingangstür, ein Schlüssel, der aufschließt. Ich reiße die Augen weit auf und starre Louis fragend an. »Schnell, nimm die Sachen und ab ins Bad!« Innerhalb von Sekunden rutsche ich von der Arbeitsplatte herunter, laufe ins Wohnzimmer, wo ich meine Klamotten greife, und husche hinüber ins Badezimmer. Louis folgt mir, in der Hand hält er seine Aktentasche und die Sporttasche. Leise zieht er die Tür zu und verriegelt sie. Schwer atmend drücken wir unsere Ohren an die Tür.

»Hier steht das gute Stück. In dieser Wohnung muss nur der Geschirrspüler angeschlossen werden. Wenn etwas ist, rufen Sie mich an«, erklingt eine tiefe Männerstimme.

»Jo, alles klar! Tschüss!«, antwortet eine weitere männliche Stimme, die klingt, als hätten viele Zigaretten sie rau werden lassen.

Die Eingangstür fällt ins Schloss.

»Nanu, was ist denn das? Hat hier jemand seine Klamotten vergessen? Komisch, was Mieter heutzutage alles zurücklassen …«

Louis zieht fragend eine Augenbraue in die Höhe. »Hast du mein Jackett nicht mitgenommen?«

Schuldbewusst schüttele ich den Kopf. »Ich dachte, du nimmst es mit …« Seufzend lehnt sich

Louis mit dem Rücken an die Tür und reibt sich über sein Gesicht. Er hatte in letzter Minute noch seine Sporttasche gegriffen.

Louis

Einen Moment blicken wir uns unsicher an. *Und jetzt? Wie lang wird dieser Handwerker hier beschäftigt sein? Wird er uns entdecken und mich bei meinem Chef verpfeifen?*

Aber er klappert und flucht in Ruhe vor sich hin. Matheas Blick bohrt sich in meinen, und schlagartig rollen die Gefühle wieder über mich. Als wären wir nie gestört worden. Ihre nackten prallen Brüste lachen mich herausfordernd an, sowie ihre zarten Nippel.

»Jetzt bist du an der Reihe!«, flüstert sie mir zu. Ich gehe zu ihr und möchte ihr den Rock ausziehen. Aber dazu kommt es nicht.

Sie hält meine Hände fest und drückt sie gegen die Tür. Knabbert zärtlich an meiner Unterlippe und knöpft mein Hemd ganz langsam auf. Der Stoff gleitet von meinem Körper, und an ihrem Blick kann ich erkennen, dass ihr gefällt, was sie soeben freigelegt hat. Sie streicht mir sachte über den Oberkörper, dabei hört sie nicht auf, mich zu küssen.

Oh, ich könnte sie die ganze Zeit nur mit meinen Lippen verwöhnen, jeden einzelnen Zentimeter ihres Körpers.

Sie nimmt meine Arme nach oben. Über meinem Kopf hängt ein Handtuchhalter. Darüber wirft sie mein Hemd und deutet mir, mich an den Enden festzuhalten. Ähnlich wie sie vorhin in der Küche, hänge ich nun halb entblößt in dieser Position vor ihr.

Mein Blut kocht und mein Ständer ist hart, prall und bereit. Pulsierend versucht er, sich in der engen Hose aufzurichten, doch ihm fehlt der Platz. *Wenn ich nicht bald erlöst werde, platzt meine Hose.*

Ihre Lippen gleiten immer weiter runter zu meinem Bauch, gefolgt von ihren Händen. Als sie an meinem Hosenbund ankommt, ist meine Atmung nicht mehr leise und kontrolliert. Sie geht in die Knie und schaut zu mir hoch, wobei sie meinen Gürtel öffnet und danach den Knopf.

Ich genieße die Vorfreude mit geschlossenen Augen und versuche, stillzustehen.

Dann öffnet sie den Reißverschluss und zieht mir meine Hose herunter. Mit zwei, drei Tritten befreie ich mich von dem edlen Stoff.

»Oh, Mathea …«, stöhne ich leise, während ihre Hände langsam meine Unterhose herunterziehen.

Am liebsten würde ich sie jetzt …

Als ich splitterfasernackt vor ihr stehe, küsst sie meinen unteren Bauch in Richtung meines Schafts. Ihre Hände streicheln zärtlich meine Oberschenkel. Sie nähert sich mit ihren Lippen immer weiter meinem besten Stück, leckt meinen Schaft entlang bis hoch zur Eichel, die sie mit ihrer Zunge liebkost.

Dann kommen ihre Hände zum Einsatz. Mein bestes Stück wird von ihren Berührungen steinhart. Als sie daran saugt und dabei meine Haut hin- und herschiebt, kann ich mich kaum noch halten vor Lust und stöhne laut auf.

Erschrocken zucke ich zusammen. *Der Handwerker! Hat er etwas gehört?*

»Hallo? Ist da jemand?«, ertönt prompt die Reibeisenstimme aus der Küche. Mathea hält in ihren Bewegungen inne.

»Hm, merkwürdig. Ich brauche dringend Urlaub.« Leise prusten wir los und halten uns die Hände vor den Mund, um nicht laut loszulachen.

Als wir wieder das unregelmäßige Werkeln in der Küche hören, grinst Mathea breit und macht da weiter, wo sie aufgehört hat. Genussvoll krallt sie sich an meinem Oberschenkel fest und bewegt ihren Kopf vor und zurück.

»Ich kann … gleich nicht mehr«, hauche ich geräuschlos.

Sie küsst zärtlich meine Eichel, dann meinen Schaft, meinen Bauch, und arbeitet sich wieder küssend hoch bis zu meinem Hals.

»Du bist so gemein, weißt du das, Mathea?«, sage ich völlig erregt, als sie wieder oben angekommen ist und mein Gesicht streichelt.

»Ich weiß.« Sie küsst mich auf den Mund.

Ich nehme meine Hände herunter und ziehe Mathea eng an mich heran.

»Lange halte ich das nicht mehr aus«, hauche ich ihr ins Ohr, während meine Hände unter ihren Rock an ihren Po wandern.

Ich ziehe ihr den Rock aus. »So, jetzt sind wir beide nackt«, sage ich, packe sie und nehme sie hoch. Sofort schlingt sie ihre Beine um mich. Und ich drücke sie gegen die Tür. Leider poltert dabei die Halterung für die Handtücher herunter.

»Hier ist doch jemand! – Hallo? Hallo!« Die Stimme des Handwerkers ist nah, vermutlich steht er genau hinter der Tür. *Was nun?* Die Türklinke wird mehrmals schnell hintereinander nach unten gedrückt. Ich setze Mathea ab und öffne die Tür einen Spalt, durch den ich meinen Kopf rausstecke.

»Huch, wo kommen Sie denn her?«, frage ich betont lässig und versuche, mein überzeugendstes Lächeln aufzusetzen.

»Das will ich von Ihnen wissen! Was machen Sie hier?«, raunt der bärtige Mann, der sicher einen hohen Hang zum Alkohol hat. Seine großporige Nase ist gerötet und der Hauch einer Alkoholfahne weht mir entgegen. Ich muss mich zusammenreißen, um nicht angewidert das Gesicht zu verziehen.

Stattdessen lächle ich weiterhin mein professionelles Makler-Lächeln und sage: »Ich bin Makler und habe hier gleich eine Besichtigung. Leider
habe ich mir meinen Kaffee über das Hemd gekippt.«

Ich wedele mit der Hand und Mathea reicht mir mein Hemd, das ich wie zum Beweis durch den Türspalt raushalte. Braune, verlaufene Flecken zieren den weißen Stoff, und ich schaue möglichst bedröppelt drein, was mir aber nicht leichtfällt, denn in diesem Moment umgreift eine weiche Hand erneut meinen Schaft und schiebt die Vorhaut vor und zurück.

Ich halte die Luft an und grinse dümmlich.

»Verstehe, dann machen Sie sich mal wieder fein. Ich bin hier auch gleich fertig und werde sie nicht weiter bei der Besichtigung stören.«

»Ja, danke«, presse ich angestrengt hervor, um nicht laut aufzustöhnen. Ich schließe die Tür und drehe den Riegel wieder herum.

»So, so, habe ich mich also doch nicht getäuscht«, murmelt der Handwerker im

Weggehen. Ich drehe mich herum und lehne mich wieder an die Tür, den Kopf in den Nacken, und atme tief ein, bevor ich erleichtert ausatme.

»Du hast mich gerade fast ganz schön in Schwierigkeiten gebracht! Wenn mein Chef Wind davon bekäme …«

»Sei leise, sonst verrätst du dich noch selber!«, ermahnt sie mich.

Ihre Brustwarzen streifen meinen Oberkörper, was mir einen wohligen Schauer beschert. Und auch mein bestes Stück sucht den Weg zu ihrer warmen Mitte, sodass wir schließlich eng umschlungen auf die Toilette schwanken. Laut krachend lande ich auf dem geschlossenen Toilettendeckel, der in zwei Teile zerbricht.

»Alles in Ordnung?«, ruft der GeschirrspülerTyp besorgt.

»Äh, ja, ich bin nur gestolpert.«

»Gut, ich bin dann mal weg. Schönen Tach auch!«

Wieder fällt die Tür ins Schloss. Wir halten einen Moment schweigend inne, und erst als ich wirklich sicher bin, dass wir allein sind, stehe ich auf und wühle kurz in meiner Sporttasche herum. Bis ich das gesuchte Kondom finde und es mir zwischen die Zähne klemme. Ich trage Mathea ins Schlafzimmer, wo wir hoffentlich unsere Erlösung finden werden.

Im Flur überlege ich einen kurzen Moment, was wäre, wenn der Handwerker noch einmal zurückkäme. Er würde mich mit einem Mega-Ständer und einer nackten Brünetten auf dem Arm erwischen. Nervös blicke ich zur Tür und hoffe das sie geschlossen bleibt.

Ich muss schmunzeln. Hätte mir am Morgen jemand gesagt, was mir heute noch passiert, ich hätte ihn belächelt. Ich bin so froh, dass Mathea hier erschienen ist, und nicht irgendjemand anderes. Sie ist der absolute Wahnsinn. Der wahr gewordene Traum eines jeden Mannes.

Louis

»Dies ist das Schlafzimmer, es zeigt zum Hof hinaus, ist also sehr ruhig gelegen und ausreichend groß. Diese Nische eignet sich hervorragend als Kleiderschrank. Der Raum bietet sich neben dem Schlafen auch für besondere Aktivitäten an.«

»Welche Aktivitäten denn?«, fragt sie und sieht mich herausfordernd an.

»Da hätten wir zum Beispiel …«, setze ich an.

»Zeig es mir!« Sie sieht mich fordernd an. Meine Ohren beginnen zu glühen bei diesen Worten.
Sie will mich, genauso sehr wie ich sie.

Ich setze sie auf einen Stuhl, den der Vorbesitzer wohl hier vergessen haben muss. Dann stelle ich mich hinter sie und fahre mit meinen Fingern an ihrem Nacken hinunter und die Wirbelsäule entlang, bis die Lehne mir das Weiterkommen versperrt. Mathea hat solch eine samtig weiche Haut, die man einfach immer wieder berühren möchte.

Meine Hände suchen den Weg zu ihrem Po. Vorhin habe ich gemerkt, wie sehr sie es mag, wenn meine Hände ihn fest anpacken. Ich gehe um den Stuhl herum und vor ihr in die Hocke. Mit einem Ruck öffne ich ihre Beine und sehe, wie sie ihre grünen Augen überrascht aufreißt, dann zu kleinen Schlitzen verengt und grinst.

Mein Kopf versinkt zwischen ihren Beinen und ich lasse meine Zunge an ihrer warmen, Mitte genüsslich kreisen. Sie stöhnt auf und wirft ihren Kopf nach hinten. Ihre Beine zucken neben meinem Kopf immer wieder leicht auf.

»Nicht aufhören!«, keucht Mathea, als ich einen Moment von ihr ablasse. Doch ich komme ihrer Forderung nicht nach. Einladend halte ich ihr meine Hand entgegen, die sie zögerlich ergreift. *Ist sie verärgert, dass ich nicht auf sie höre?*

Sanft ziehe ich sie vom Stuhl nach oben, setze mich nun selbst hin und platziere sie auf meinem Schoß. Ich merke regelrecht, wie ihre Mitte vor Erregung kocht, massiere und küsse gierig ihre Brüste, während ihre Hände sich in meinem Haar festkrallen. Der Klang unserer stoßhaften Atmung hallt durch den leeren Raum und die aufsteigende Hitze wird immer spürbarer.

»Bitte … erlöse mich«, fleht Mathea mich mit einem eindringlichen Blick an. Sie hat ihre Schüchternheit komplett abgelegt. Ich kann mich ebenso nicht mehr zurückhalten und möchte sie endlich richtig spüren.

Mit beiden Händen umfasse ich ihren Po und hebe ihn leicht an. Sie entreißt mir das Kondom und zieht es mir zärtlich über. Mein harter Penis richtet sich sofort erwartungsfroh auf, und ich lasse sie auf ihn sinken.

Langsam dringe ich in sie ein und wir stöhnen gleichzeitig auf. Es ist der absolute Wahnsinn – sie fühlt sich so unglaublich heiß an.

Dich werde ich nicht mehr hergeben!

Ihre Wärme, ihr Duft, – sie macht mich verrückt, und ich fühle mich völlig berauscht.

Langsam bewegen wir uns, spüren uns und finden allmählich unseren Rhythmus.

Als sie sich mit ihrem Oberkörper etwas nach hinten lehnt, die Hände in die Hüften gestützt, erwecken ihre steifen Nippel meine Aufmerksamkeit. Ich beuge mich vor und sauge gierig an ihnen.

Ihr Ritt auf mir wird immer heftiger, zwischendurch lässt sie ihre Hüften kreisen und ich keuche laut auf.

Sie beugt sich weiter nach hinten. Hält sich mit ihren Händen an meinen Oberschenkeln fest. *Was hat sie vor?* Ich traue meinen Augen nicht. Sie hebt ihre Beine in die Luft und legt sie jeweils links und rechts auf meinen Schultern ab.

Ich halte sie an ihrer Taille fest. Und bewege sie mit meinen Händen immer wieder vor und zurück.

Sie wirft stöhnend und keuchend ihren Kopf nach hinten. *Oh ja, das törnt mich sowas von an! Hör nicht auf damit!*

Mit einem Mal merke ich, dass ich nicht mehr lange aushalte.

»Mathea, ich …«

Sie löst ihre Beine von meinen Schultern und setzt sich wieder aufrecht auf mich hin. Und lächelt mich an. Zärtlich küsst sie mich auf den Mund, bevor sie sich kurz von mir löst, mir den Rücken zuwendet und sich ohne Umwege wieder auf mich sinken lässt. Ich erfülle ihre Öffnung vollständig und dringe tief in sie ein. Meine Hände streichen über ihren Rücken, und langsam werden ihre Bewegungen immer intensiver.

»Oh Gott! Oh jaaaa«, stöhnt sie. Ich kann nicht mehr, ich will mich nicht mehr zurückhalten und ergieße mich in sie. Auch ihre Muskeln, die mich fest umschließen, zucken verräterisch rhythmisch.

Mit einem lauten Keuchen sackt sie auf mir zusammen. Unsere Körper beben, und meine Atmung beruhigt sich gemächlich.

Eng umschlungen genießen wir diesen prickelnden Moment, der einfach nicht aufhören will.

»Hey«, flüstere ich nach einigen Minuten und streichle ihr dabei sanft über die Wange. Sie öffnet die Augen und schaut mich ganz verträumt an. Ich liebe es jetzt schon, wenn sie mich so anschaut, und gebe ihr einen Kuss auf die Stirn.

»Das war unglaublich!«, sagt Mathea, noch immer atemlos. »So etwas habe ich noch nie erlebt. Mein Ex hat immer nur das Standardprogramm durchgezogen. Bett, rein, raus, fertig. Ich habe noch nie so einen heftigen Orgasmus erlebt.« Peinlich berührt schaut sie auf den Boden. Ich hebe ihr Kinn und schaue ihr tief in die Augen.

»So etwas wie heute habe ich auch noch nie erlebt. Du wirkst auf mich wie eine Droge!« Ich küsse sie noch einmal, sanft und innig. »Komm, das Bad ist jetzt an der Reihe«, sage ich.

»Das Schlafzimmer gefällt mir jedenfalls sehr gut. Es ist groß genug für meine Spielwiese.« Sie schmunzelt verheißungsvoll. »Und was gibt es im Badezimmer noch, was ich nicht schon kenne?«

»Lass dich überraschen«, erwidere ich, nehme ihre Hand, und sie folgt mir durch den Flur.

Louis

»Tada«, trällere ich gut gelaunt. »Das ist das Badezimmer, ausgestattet mit Badewanne und Dusche, sowie einem Fenster. Einen Waschmaschinenanschluss hast du hier natürlich auch.« Ich mache eine kurze Atempause. »So und die Dusche probieren wir jetzt auch gleich mal aus«. Sie schaut mich erstaunt an, damit hat sie scheinbar nicht gerechnet. Ich packe sie und sorge mit einem heißen Kuss dafür, dass sie ihre Beine um mich schlingt, und gehe mit ihr weiter in Richtung Dusche.

Sie löst unseren Kuss. »Du bist der Wahnsinn, weißt du das?«, sagt sie und strahlt mich an. Ich bin erleichtert, ich dachte schon, sie lässt das mit der Dusche nicht zu, zumindest sah ihr Blick so aus.

Mit der einen Hand drehe ich langsam das Wasser auf, bevor ich mit ihr die Dusche komplett betrete.

»Du bist verrückt«, sagt sie lachend, als das warme Wasser ihre Haut berührt. Dann schließt sie die Augen und genießt es sichtlich. Ich küsse ihren

Hals und genieße auch die erfrischende Wirkung, die das Wasser mit sich bringt. Unsere Körper kühlen sich langsam ab, während das Wasser auf uns herunter prasselt.

Ich lasse sie vorsichtig runter und blicke in ihre strahlend grünen Augen. »Ich lasse dich nicht mehr los, versprochen«, sage ich und streichle ihr dabei erst über das Gesicht und dann über ihr Haar. Ihre Augen strahlen immer mehr und scheinen sich vor Glück mit Wasser zu füllen.

»Mathea, was ist ...« Sie lässt mich meine Frage nicht zu Ende stellen und küsst mich stürmisch. Ihre Hände klammern sich an mir fest, als gäbe es kein Morgen.

Wenige Sekunden später entspannt sich ihr Körper und ihre Küsse wandern meinen Hals entlang, während ihre Hände sanft meinen Rücken streicheln und in Richtung Bauch wandern.

Ihre sanften Küsse und Berührungen lassen erneut etwas in mir aufbrodeln, und ich weiß nicht, wie lange ich noch die Fassung behalte, wenn sie so weitermacht. »Mathea, du machst mich völlig fertig«, stöhne ich und sehe nur ihr bezauberndes Lächeln.

Ich drehe das Wasser ab und trage sie aus der Dusche, greife nach dem Badetuch, was halb aus meiner Sporttasche hängt, und werfe es gekonnt mit einer Hand um ihren Körper.

»Lass mich dich abtrocknen, jeden einzelnen Zentimeter deines Körpers«, flüstere ich ihr ins Ohr, und sie löst ihre Beine von mir, sodass ich an ihrem Dekolleté anfange, sie abzutupfen.

Ich kann nicht anders und küsse jede einzelne Stelle, die ich zuvor abgetupft habe. »So werde ich aber nicht trocken«, sagt sie lächelnd. Ich schaue sie gierig an. »Ich weiß, aber was soll ich machen? Wenn ich nun mal nicht anders kann.« Sie zieht mich zu sich hoch und küsst mich.

»Was ist denn eigentlich mit dem Innenhof, den du mir noch zeigen wolltest?«, fragt sie mich, während wir unsere Sachen zusammensuchen und uns anziehen. Doch da klingelt auch schon mein Handy. »Moment, es ist das Büro, da muss ich rangehen«. Im Augenwinkel sehe ich, wie Mathea ins Wohnzimmer geht.

»Hallo Tamara, ich bin noch bei der Wohnungsbesichtigung. Es wird noch etwas dauern. Ich komme heute nicht nochmal ins Büro. Wir sehen uns dann Montag, mach dir ein schönes Wochenende!« Und beende das Telefonat.

»Entschuldige, das war Tamara, meine Sekretärin«, sage ich, während ich das Wohnzimmer betrete und Mathea auf dem Balkon stehen sehe. Sie scheint die Aussicht zu genießen. Ich geselle mich zu ihr.

»Der Balkon scheint dir ja zu gefallen«, sage ich, wobei ich ihr leicht über den Rücken streiche und ihr zärtlich einen Kuss auf ihre Wange gebe.

Mathea

Louis öffnet die Wohnungstür. »Nach Ihnen, Madame«, sagt er lächelnd, und ich gehe an ihm vorbei. Da merke ich auch schon seine Hand an meinem Po und wie sie zupackt.

Ich versuche mich zu ihm umzudrehen, aber er gibt mir keine Chance. Er steht einfach zu dicht hinter mir, und ich spüre an meinem Ohr, durch meine Haare hindurch, seinen Atem. Ich halte kurz inne und schließe für ein paar Sekunden die Augen. Ein eiskalter Schauer durchfährt meinen Körper und es fängt wieder an zu kribbeln.

»Guten Tag«, höre ich eine fremde Stimme im Vorbeigehen sagen und öffne ruckartig meine Augen. »Guuuten Tag«, bringe ich nur zögerlich zustande und hole dann tief Luft. »Louis, das war echt...«, flüstere ich leise, während er mir auf den Po klatscht. »Aua«.

Er schiebt mich schließlich aus der Tür hinaus, um sie hinter sich zu schließen. *Warum hat er es jetzt nur so eilig? Hat er noch einen Termin?*

Er öffnet die Tür zum Innenhof. Und was ich da sehe …*Wow, von hier unten sieht alles noch viel schöner aus.* Ich komme aus dem Staunen gar nicht mehr heraus. Der Innenhof scheint riesig zu sein. Alles blüht in so vielen verschiedenen Farben. Ich gehe ein paar Schritte und entdecke die Obstbäume. Ja, man glaubt es nicht, hier in der Stadt in einem Innenhof stehen Kirsch- und Apfelbäume. Und beide blühen gerade so wunderschön. Ich mag besonders die Kirschblüten, leider blühen die ja immer nicht so lange.

Louis entgeht mein Staunen natürlich nicht. »Wie ich sehe, gefällt dir auch der Innenhof«, freut er sich. »Aber das ist noch nicht alles«, sagt er und schmunzelt.

»Was?«, frage ich verdutzt. »Schau dich erst einmal in Ruhe um, ich muss mal kurz meine neuen Emails ansehen.« Ich nicke und gehe weiter, kurz darauf entdecke ich eine Bank und setze mich. Der Ausblick auf den Hof von hier aus ist großartig, und es ist so ruhig, man hört nicht einmal die Autos. Selbst vom Innenhof aus sieht das Haus mit seinen Balkonen gut aus. *Oh, nein!* Da fällt mir ein, dass wir ja vorhin auf dem Balkon waren. Hoffentlich hat uns keiner gesehen! Ich komme ins Grübeln, denn ich erinnere mich, was auf dem Balkon war. Ich kneife die Augen zusammen und senke meinen Kopf.

»Ah, da bist du ja! Und die Bank hast du auch schon gefunden«, freut er sich.

Ich schaue ihn erschrocken an.

»Was hast du?«, fragt er mich und sieht, wie ich nach oben Richtung Balkon schaue. Er setzt sich zu mir auf die Bank, um mir einen Kuss auf die Stirn zu geben. »Es hat uns keiner gesehen, vertrau mir«, beruhigt er mich. »Komm, ich wollte dir noch etwas zeigen.«

Er nimmt meine Hand und wir laufen über die Wiese, durch die blühenden Wiesenblumen hindurch auf ein Gebüsch zu und dann daran vorbei. Es ist alles sehr verwinkelt und etwas abseits gelegen. Vor uns hängen mehrere Wäscheleinen mit frisch gewaschener Bettwäsche. Er zieht mich durch diese durch und ich atme den Duft von frischer Wäsche ein. Ich komme mir vor wie in einer Weichspülerwerbung und muss kichern.

Wir bleiben vor einem kleinen hölzernen Pavillon stehen. In ihm steht eine grün gestrichene Holzbank, und ich bin etwas sprachlos, denn damit habe ich nicht gerechnet. Mehr als ein »Ähm...« bringe ich nicht zustande. Während er mein Haar zur Seite nimmt und meinen Nacken küsst.

Oh... Er bringt mich noch um den Verstand.

»Was sagst du dazu, Mathea?«

Ich weiß nicht, was ich dazu sagen soll, drehe mich zu ihm um und blicke direkt in seine blauen Augen. Wieder einmal schmelze ich dahin.

»Ich weiß nicht ... Was hast du vor?«, frage ich ihn vorsichtig.

»Nichts Schlimmes.« Er lächelt mich an. »Vertraust du mir?«

Ich nicke zaghaft. »Hier kann uns niemand sehen, geschweige denn stören. Entspann dich einfach.« Er küsst mich auf die Stirn. »Mach dir nicht so viele Gedanken«, fügt er zwinkernd hinzu, als er mein grübelndes Gesicht sieht.

Ach, wenn das so einfach wäre. Was, wenn uns jemand sieht? Ich weiß ja nicht, was er vorhat. Ich kann es nur erahnen, und er will bestimmt mehr als mich nur küssen.

Nein, daran möchte ich jetzt nicht denken, das wird er bestimmt nicht tun. Ich will die Wohnung unbedingt haben – was sollen die Nachbarn von mir denken? *Oje...*

Er setzt sich auf die Bank und zieht mich zu sich auf den Schoß. »Ich bin so froh, dass du hier bist und nicht irgendeine andere Frau oder Mann.« Er holt kurz Luft und streicht mir dabei über die Wange. »Ich verspreche dir, dass du die Wohnung bekommst. Außer, du möchtest sie nicht«, sagt er und schaut mich neugierig an.

»Natürlich möchte ich die Wohnung«, antworte
ich und küsse ihn stürmisch auf den Mund.

Mathea

Seit drei Monaten wohne ich in der Wohnung, in der damals alles begann.

Louis und ich … nun ja, wir sind mittlerweile ein Paar. Und es ist unglaublich mit ihm. Wir können immer noch nicht die Finger voneinander lassen.

Und wenn ich an unsere erste Begegnung auf der Straße zurück denke... Von seinem Anzug möchte ich gar nicht erst anfangen. Tja, und wenig später dann ... Ich hätte nicht gedacht, was dann zwischen uns beiden passiert war. Denn ganz ehrlich, so eine Wohnungsbesichtigung habe ich auch noch nie erlebt. Das war der absolute Wahnsinn.

Seine eigene Wohnung ist übrigens phantastisch, sie liegt im Dachgeschoss, mit Terrasse. Es ist eine Maisonette-Wohnung, ein Traum, vor allem der begehbare Kleiderschrank, direkt am Schlafzimmer dran. Ich hatte, ehrlich gesagt, auch nichts anderes erwartet bei seinem Job. Und sein Auto erst, sportlich, schnittig und dann auch noch in Weiß, ein edles Coupé. Ich liebe es, besonders wenn wir damit Ausflüge machen. Innen ist so viel Platz für, naja ... und es liegt perfekt in der Kurve.

Manchmal ruft Louis mich während einer Wohnungsbesichtigung an und fragt, ob ich Lust habe, hinzukommen, wenn alle Kunden weg sind. Tatsächlich nutzen wir diese Gelegenheiten des Öfteren. Der Vorteil von Einfamilienhäusern ist, sie haben meist noch mehr Zimmer, einen Garten und auch mal einen Pool. Eines hatte sogar mal eine Sauna, die wir natürlich auch eingeweiht haben. Es ist dann immer wie ein Spiel mit dem Feuer. Aufregend, gefährlich und verboten.

Wenn Louis länger im Büro arbeiten muss, hole ich ihn manchmal ab. So wie heute.

»Hey Tamara, wie geht's?«, begrüße ich Louis' Sekretärin, während ich in das Maklerbüro schlendere. Tamara und ich verstehen uns richtig gut, letztens waren wir erst zusammen shoppen, und wer weiß, vielleicht wird daraus noch eine richtig gute Freundschaft, denn ich mag sie. »Hallo Mathea, mir geht es suuuper!«, erwidert sie und lächelt mir zu. »Sag mal, wollen wir uns Ende der Woche auf einen oder zwei Cocktails treffen? Gleich um die Ecke hat eine neue Cocktailbar eröffnet«, fügt sie hinzu.

»Klar, am Freitag hätte ich Zeit. Aber, warum strahlst du so? Los, erzähl schon«, sage ich und schaue sie neugierig an.

»Pssst, jetzt nicht«, zischt Tamara leise in meine Richtung. »Louis ist noch in einen Termin. Er müsste aber gleich fertig sein. Setz dich doch! Magst du einen Kaffee?«

»Danke, nein. Ich …« Die Männerstimme, die in Louis' Büro auflacht, lässt mich stocken. *Kenne ich diese Stimme nicht?*

Vorsichtig blicke ich um die Ecke. Ich traue meinen Augen nicht. Toni, mein Ex-Freund, und Sophie sitzen vor Louis am Schreibtisch. Die beiden suchen doch nicht wirklich nach einer neuen Wohnung?

Sophies Wohnung war genauso groß wie meine. Völlig ausreichend für zwei Personen …

»Hey, Schatz!«, ruft Louis mir zu, als er mich entdeckt, und wendet sich dann noch einmal an seine Kunden. »Pardon, bitte entschuldigen Sie die Störung.« Er steht auf, um mir einen Kuss zu geben.

Aus dem Augenwinkel bemerke ich, wie Toni und Sophie erstaunt die Augen aufreißen und nach Luft schnappen.

»Hallo Toni, hallo Sophie«, begrüße ich sie und versuche, meine Stimme unter Kontrolle zu halten.

»Du kennst die Herrschaften? Was für ein Zufall«, sagt Louis verdutzt.

»Ja, Louis, das ist Toni, mein Ex-Freund, und meine ehemalige Nachbarin, Sophie«, sage ich kühl.

»Oh, ach so!« Louis schluckt schwer. Er kennt die Geschichte von mir und Toni … und Sophie.

Mein Blick ruht auf Sophie, die sich auffällig über ihren runden Bauch streichelt. »Herzlichen Glückwunsch«, sage ich mit einem aufgesetzten Lächeln. Sie nickt mir abwertend zurück.

In diesem Moment überrascht mich Louis und zieht mich zu sich heran. »Ich bin so froh, dass ich Mathea bei ihrer Wohnungsbesichtigung getroffen habe. Sie ist der absolute Wahnsinn. Danke, Toni!«

Er zwinkert Toni zu, als wäre das ein InsiderWitz zwischen Männern. Doch Toni starrt uns nur mit offenem Mund an.

Wie süß von Louis. Aber nicht, dass er jetzt dadurch den Auftrag verliert.

»Äh, ja …« Toni scheint keinen klaren Satz zustande zu bringen und kratzt sich am Hinterkopf.

»Ich suche euch ein paar passende Angebote raus und schicke sie euch morgen per E-Mail zu«, sagt Louis im geschäftsmäßigen Ton.

Toni ist wohl noch immer zu keinem zusammenhängenden Satz fähig, denn er nickt nur. Sein Blick wandert immer wieder zwischen mir und meinem gutaussehenden Freund hin und her.

Sophie rammt ihm unauffällig ihren Ellenbogen in die Seite, und er krümmt sich, da er diesen Angriff nicht hat kommen sehen. Er wirft ihr einen vorwurfsvollen Blick zu und ich muss mir ein schadenfrohes Grinsen verkneifen.

Dann erheben sich Toni und Sophie und verabschieden sich. Sobald sie durch die Tür verschwunden sind, zieht mich Louis zu sich und küsst mich stürmisch.

Vor dem Fenster nehme ich eine Bewegung wahr und erkenne noch, wie Toni stehen bleibt, uns ungläubig beobachtet und dann von Sophie davongezogen wird.

»Was war das denn gerade?«, frage ich Louis.

»Was meinst du?«, fragt er in unschuldigem Tonfall. Ich schaue ihn eindringlich an. »Ich wollte mich bei ihm einfach nur bedanken für dich. Mathea, du bist das Beste, was mir je passiert ist. Das kann von mir aus die ganze Welt erfahren.« Louis sieht, während er das sagt, wirklich glücklich aus.

»Oh Louis«, bringe ich nur hervor und streiche ihm sanft über seinen Dreitagebart.

Nicht nur unser Liebesleben ist einfach fantastisch und aufregend. Auch sonst sind wir absolut auf einer Wellenlänge. Durch Louis habe ich eine andere Seite an mir entdeckt. Naja, und jetzt weiß ich, was mir in meiner vorigen

Beziehung gefehlt hat. Endlich fühle ich mich erfüllt und zufrieden.

Danke, Louis, dass es dich gibt.

K. I. M. SOMMAR

Revealed: Verlier Dich ganz

Ich sah mich um, mein Herz klopfte. Gott, wo war ich hier
gelandet? Das hier musste der hemmungsloseste und
unmoralischste Ort Hamburgs sein. Ich beschloss, dass ich
hier genau richtig war.
Celias ganzes Leben verändert sich, als sie ihren neuen Job
antritt und bemerkt, dass sie Freiraum und Freiheit braucht.
Und sie findet sie: im Noctua, einem exklusiven Club, in
dem alle Hemmungen fallen. Hier lernt sie Alon kennen,
der sie ganz in die Welt des Noctua eintauchen lässt. Und
Celia taucht tief. So tief, dass sie die Kontrolle über ihr
wirkliches Leben zu verlieren scheint.
Wird sie sich ganz in Alon und dem Noctua verlieren und
ihren Job und ihre Verbindung zu ihrer besten Freundin
Yvy riskieren, die selbst in großen Schwierigkeiten mit
ihrem übergriffigen Ex steckt? Oder findet sie einen neuen
Weg zu sich?

Eine erotische Geschichte über den Weg zu sich und die
Verlockungen der Nacht.

Siebter Roman von K.I.M. Sommar.

ISBN: 9783758316630

Yana Svelush

Das L(i)eben, das wir nie leb(t)en

Es ist nie zu spät, mit dem L(i)eben zu beginnen.

Vielleicht fängt der Irrweg damit an, dass wir eine Liebe
suchen, die für immer hält, wo doch wir allein entscheiden,
ob wir gehen oder bleiben, wen wir lieben – und wie lange.

Zum Lieben brauchen wir kein Gegenüber.
Und so werde ich manche Liebe leben, indem ich atme,
indem ich l(i)ebe, selbst wenn ich ihr auf meinen Wegen
nie wieder begegne.

Lass los und fall mit mir ins L(i)eben!

ISBN: 978-3-75797018-5

Danksagung

Ich möchte mich bei meinen Leserinnen und Lesern bedanken.
Danke, dass ihr mein Buch lest und für euer Feedback, eure Rezensionen und eure Bewertungen. Eure Bewertungen helfen mir sehr, auch wenn ihr anderen mein Buch empfehlt.
Ich freue mich über jedes Feedback und hoffe, ich konnte euch mit meinem Buch gut unterhalten.

Vielleicht sehen wir uns bei einer meiner Lesungen.

Alles Liebe
Eure Emilia